D0852992

CUENTOS CASAENRAMA presenta con orgullo

HOMBRE PERRO
LA PELEA DE LA SELVA

ESCRITO E ILUSTRADO POR DAV PILKEY
COMO JORGE BETANZOS Y BERTO HENARES
CON COLOR DE JOSE GARIBALDI

graphix

UN SELLO EDITORIAL DE
SCHOLASTIC

PARA LIZETTE SERRANO
GRACIAS POR TU FORTALEZA, COMPASIÓN Y DEDICACIÓN A LAS BIBLIOTECAS Y A LOS NIÑOS

Originally published in English as *Dog Man: Brawl of the Wild*

Translated by Nuria Molinero

ISBN 978-1-338-60129-9

10 9 8 7 6 5 4 3 2 1 20 21 22 23 24

Printed in China 62
First Spanish printing, January 2020

Original edition edited by Ken Geist
Book design by Dav Pilkey and Phil Falco
Color by Jose Garibaldi
Color flatting by Aaron Polk
Creative Director: David Saylor

CAPÍTULOS

HOMBRE PERRO

Detrás de la profundidad

¿Qué hay de nuevo, compadres? Somos sus viejos amigos Jorge y Berto.
¿Qué onda?

Ahora estamos en quinto grado, así que somos completamente maduros.
¡Y profundos!

La gente nos pregunta a menudo: "señores, ¿echan de menos los días de risas y regocijo de su infancia?".

Aunque recordamos con cariño nuestra tierna juventud...
sabemos que nunca volverá.

Porque somos demasiado profundos. Y demasiado maduros.
Cierto. ¡¡¡Muy cierto!!!

Como dijo una vez un hombre* muy sabio...
*Berto

"La ilustración no es solo un acto de voluntad...

¡es un deber humano!".
¡Uy!

¿Qué?
¿Dijiste "de ver un ano"?

JA JA JA JA
JA JA JA
JA

En fin, últimamente hemos estado leyendo este libro increíble...
El llamado de la selva
Jack London
El llamado de la selva
Jack London

¡¡¡Y nos inspiró a escribir una NUEVA novela de Hombre Perro!!!

¡¡¡Así que prepárense para leer otro relato ÉPICO de Gloriosa Ginmensidad!!!

Pero antes...
recordemos nuestra historia hasta ahora.
Pasa la página...

Jorge y Berto presentan:
Una producción de Jorge y Berto
Jorge y Berto
RESUMEN nuestra HISTORIA
HASTA AHORA
Por Jorge y Berto
"Somos Jorge y Berto, y aprobamos este resumen".
©2019 de Jorge y Berto.

Había una vez un policía y un perro policía...

¡que resultaron heridos en una explosión!

¡CATA-PLÚN!

Los llevaron al hospital a toda velocidad...

ni, noo, ni, noo, ni, noo

donde el doctor les dio muy malas noticias:

¡Bua Bua Aaa!

¡Lo siento, policía, pero tu cabeza se está muriendo!

¡¡¡Qué bajón, chico!!!

Y tu cuerpo también se muere, perrito policía.
gime
gime

Pero entonces, la enfermera tuvo una gran idea.
¡Oye!

¡Cosamos la cabeza del perro al cuerpo del policía!

¡Qué buena idea, señorita enfermera! ¡¡¡Eres la mejor!!!

¡Hurra!

Así que hicieron la gran operación...

Muy pronto, se desató un nuevo fenómeno en la lucha contra el crimen.

¡¡¡UN HURRA POR HOMBRE PERRO!!!

Hombre Perro tiene tres aliados increíbles:

y un siniestro enemigo.

Pedrito (muy malvado)

Pero el corazón
malvado de Pedrito
está cambiando...

a causa de un
pequeño gatito.
Peque
Pedrito
(muy buen
corazón)

Peque Pedrito vive
con Hombre Perro...
Hombre
Perro

y su impresionante
robot, HD 80.

La mayor parte
del tiempo son una
familia...

pero, a veces, son
superhéroes.

Recientemente, llegaron a la ciudad tres **nuevos** villanos malvados...

Se llaman a sí mismos "Las Pulgas".

¡no es verdad!

¡¡¡SÍ ES VERDAD!!!

¡Y la última vez que los vimos los habían encogido al tamaño de **VERDADERAS PULGAS!**

¡Podrían estar escondidos en **cualquier sitio!**

¡Este es un trabajo para los **SUPERAMIGOS!**

rasca
rasca

CUENTOS CASAENRAMA presenta con orgullo

Capítulo 1

Dos Mensajes

por Jorge Betanzos y Berto Henares

¡¡¡Entrega especial para el jefe!!!
¡¡¡Entrega especial para el jefe!!!
Entrega Especial
Z Z Z Z Z Z Z Z Z Z Z
jefe
¡¡¡OYE, JEFE!!!
jefe
¡Oye, jefe! Tienes una entrega, este...
Entrega especial
jefe

¡La próxima vez que vengas a mi oficina, llama a la puerta!
jefe

¡¡¡OYE!!!
jefe
Entrega especial
¡Dame acá!
jefe
Entrega Especial

¡¡Suéltalo ahora mismo!!
jefe
Entrega especial

Presentamos el
FLIP

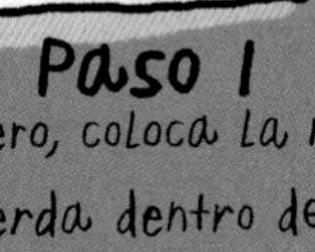

Paso 1

Primero, coloca la mano izquierda dentro de las líneas de puntos donde dice "mano izquierda aquí". ¡Sujeta el libro abierto DEL TODO!

Paso 2

Sujeta la página de la derecha con los dedos pulgar e índice de la mano derecha (dentro de las líneas que dicen "Pulgar derecho aquí").

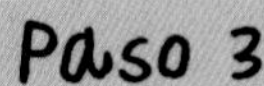

Paso 3

Ahora agita rápidamente la página de la derecha hasta que parezca que la imagen está animada.

(¡Diversión asegurada con la incorporación de efectos sonoros personalizados!)

Recuerden,

mientras agitan la página, asegúrense de que pueden ver las ilustraciones de la página 19 **Y** las de la página 21.

Si agitan la página rápidamente, ¡parecerán dibujos **ANIMADOS**!

¡No olviden incorporar sus efectos sonoros personalizados!

Mano izquierda aquí

Pulgar derecho aquí.

jefe
Entrega Especial
jefe
Entrega Especial
jefe
Entrega Especial

jefe
Entrega Especial

¡RAS!

jefe
Entrega Especial
ñam
ñam
ñam

¡¡¡Jefe!!! ¿¿¿Qué pasó???
jefe
Entrega Especial

¡Recibí una carta muy especial y Hombre Perro la destruyó!
Entrega especial

jefe
ñam
ñam
¿Qué dice, jefe?
¡Oye! ¡¡¡Es de Yolei Capresi!!!
jefe
mastica
mastica
mastica
Yolei Capresi
Calle del Glamur #39
Hollywood, CA
Querido jefe:
¡Ciao desde Hollywood!
Por fin terminamos
La película de Hombre
Perro. Te envío veinte
boletos para el
estreno de alfombra
roja. ¡Nos vemos allí!
Tu amiga,
Yolei Capresi

Pero, ¿dónde están los boletos?
jefe
Entrega especial

¡¡¡Debían estar en el fondo del sobre!!!
jefe
mastica
mastica
mastica

jefe
TRAGA

jefe

¡¡¡¡¡HOMBRE PERRO!!!!!
jefe

Mientras tanto...
cárcel de gatos

¡Hola, Pedrito! ¿Qué haces?
BUENA CONDUCTA

¡¡¡Déjame en paz, Juan el Gordo!!!
Ay, vamos...

¡¡¡Cuéntamelo!!!

Bueno, estoy intentando ser bueno, así que hice esta gráfica para ver mis progresos.
BUENA CONDUCTA

¿Cuánto tiempo llevas siendo bueno?
BUENA CONDUCTA
A ver... trece, catorce, quince...

¡Dieciséis minutos!

Ay, ¡¡¡estoy tan orgulloso de ti, Pedrito!!!

¡Respeta mi espacio, chico! ¡Quítame las manos de encima!

¡Lo siento, Pedrito!

Oye, ¿quieres que te cuente el sueño tan raro que tuve anoche?
¡No!

¡Ay, por favor!
¡¡¡NO!!!

Bien. soñé que me estaba comiendo un malvavisco muy, muy grande.

Era tan blandito, tan esponjoso y delicioso...

Y, cuando me desperté, ¡mi almohada había desaparecido!
¡PLAS!

AAAA...

¡ACHÍIIIS!

Eh, mira... ¡plumas!

¡VETE DE AQUÍ, JUAN EL GORDO!

¡FUERA! ¡FUERA! ¡FUERA!
J

¡Y NO VUELVAS MÁS, IDIOTA!
J

¡BUAAAAAA!

¡Pensé que intentabas ser **agradable**!

¡DIJE QUE INTENTABA SER BUENO, NO AGRADABLE!

¡¡¡Hay una diferencia!!!

Creo.

BUENA CONDUCTA

BUENA
RAS

Soy un gato malo. No puedo ser bueno ni 17 minutos por mi cuenta.

Capítulo 2

Los Tipos Tristes

Mientras tanto...
Hombre Perro
Superamigos...

¡¡¡Luchamos contra el crimen en tu vecindario!!!

Superamigos...

¡No somos perfectos, pero sí requetebuenos!

Superamigos, ¡llámanos y allá vamos!

¡¡¡Que huyan los malvados!!!

Peleamos por la libertad, esa es la verdad...

¡Muevan el trasero, todos a bailar!

Uuuuuuuuuuh, nene, nene, nene, mueve el trasero, ponte a bailar...

¡¡¡Yaaaaaaaaa!!!

¡Ah, hola, HD 80!

Le hice algunos ajustes a mi bici de gatito.

¡¡¡Ahora es una **moto de gato**!!!

¿Y tú en qué estuviste trabajando?
Chan Clas Chan Clas Chan

¿Terminaste de construir la supercomputadora?

¡¡¡Ay, **GENIAL**!!! ¡¡¡Lo conseguiste!!!
super-compu
Chan Clas Chan Clas

¡Chévere!

¡Oye, compu!
¿Qué onda?

TIENES UN NUEVO
MENSAJE.

¡Oye! ¡Es de
mi papi!

Querido
Siento
llamarte

So
ma
ser
17
mi

¡Vamos, HD 80! ¡¡¡Papi necesita nuestra ayuda!!!
super-compu

Primeros auxilios

No, no está herido. ¡¡¡Es **peor!!!**

¡Está desanimado!

Hombre Perro

Mientras tanto...
POLICÍA

¡Uy, gracias, Yolei! ¡¡¡Tenemos muchas ganas de ir!!! ¡Adiós!
jefe

Bien, Hombre Perro, ¡¡¡ya se arregló todo!!!
jefe
cLic

¡Yolei dice que nos enviará veinte boletos **NUEVOS**!

¡¡¡Dice que la película tiene figuras animadas de **PLASTILINA**!!!

¿Qué? ¿Nunca oíste hablar de la plastimación?
jefe

ven, ¡te enseñaré lo que es!
jefe

Primero agarras un poco de plastilina...
jefe
plastilina

Después la moldeas un poco...
jefe

hasta que haces una figurita.
jefe

Luego la colocas...
jefe

y le haces una foto.
jefe

Déjame encender mi cámara y...
jefe

¡¡¡Oye!!!
jefe

¿Dónde se metió?
jefe

jefe

¡¡¡Tendré que hacer una nueva!!!
jefe

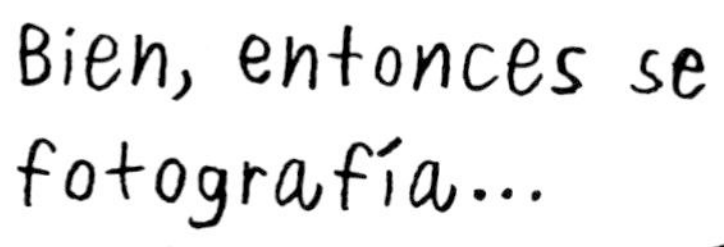
Bien, entonces se fotografía...

jefe

La figu...
¡OYE!
jefe

jefe

jefe

¡Es un misterio!
jefe

¡Vamos a tratar de nuevo!
jefe

Bien.

jefe

jefe

jefe

Entonces, enfocas
La cámara y...
jefe

¡OYE!
jefe

Mientras tanto...
cárcel de gatos
Chan Clas Chan Clas Chan

¡¡¡HOLA, Pedrito!!!

¿Qué haces?
nada.

¡Oye! No estarás construyendo una abeja robótica gigante, ¿verdad?

No.

¡Menos mal!
¡¡¡Qué alivio!!!

Bueno, ven conmigo. Tienes visita.
¿Quién?

Un gatito y un robot con forma de bola para jugar a los bolos.
¡Rayos!

Y así...
Hola, chico.

¿Qué pasa, papi?

Mira, chico, no puedo lograrlo. No puedo ser bueno.

Lo intenté. De verdad que lo intenté.

Pero soy malo. Soy un gato malo.

¡Papi, no puedes darte por vencido tan fácilmente!

Mira, solo eres un niño. No lo entiendes.

Algunos tipos son buenos... ¡como tú!

y otros tipos son malos... como yo.

Intentar cambiar es inútil.

Darse por vencido es inútil, papi.

¿Papi?

Adiós, chico.

¡No, papi!

¡LLévalo a casa, HD 80!

Es lo mejor para todos, chico.
salida
¡No, papi!

¡LLÉVALO A CASA, HD 80!
Papi.

salida

¡PAPI!
Salida

Y así...
Chan Clas chan Clas Chan Clas chan Clas Chan Clas chan

Mano izquierda aquí

Pulgar
derecho
aquí.

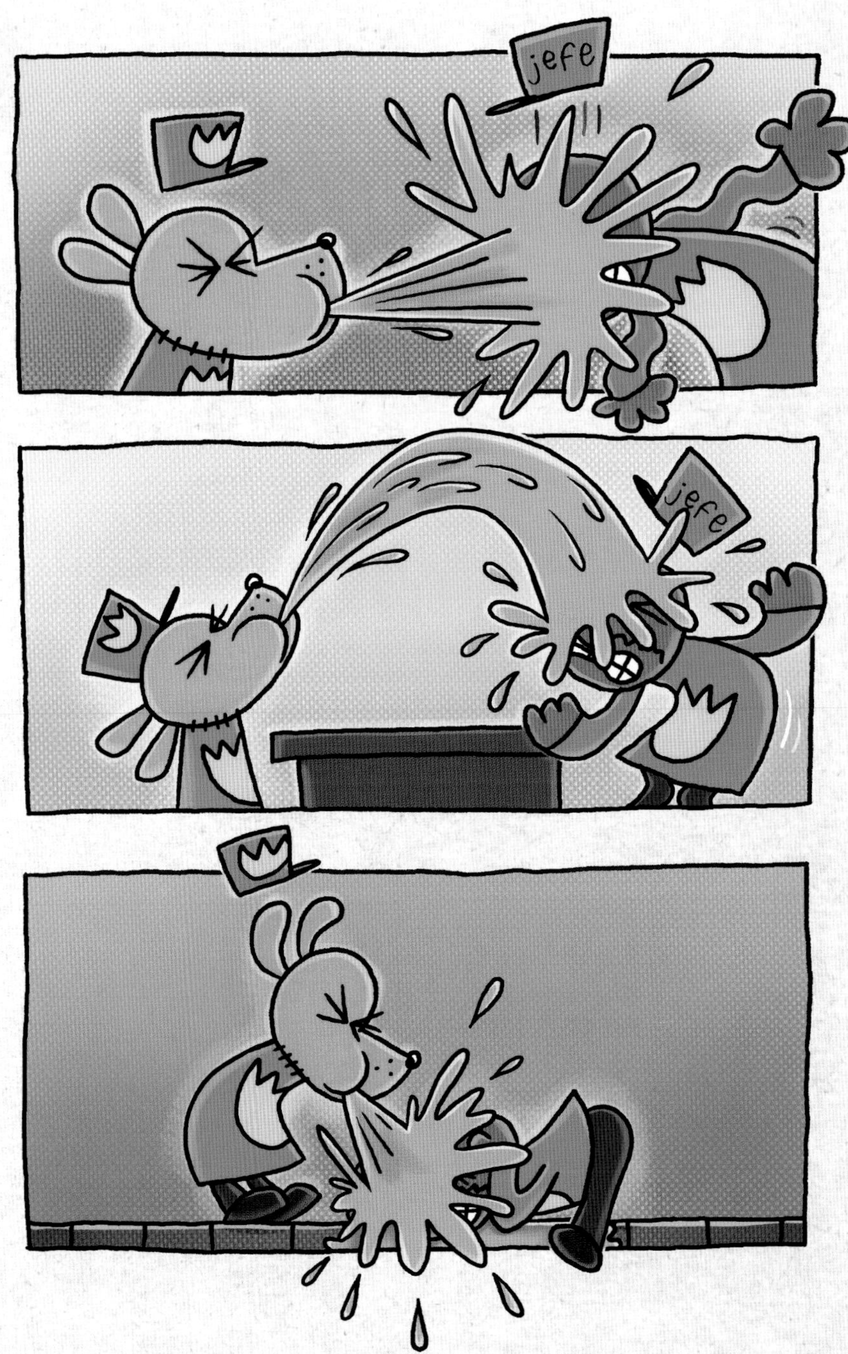
jefe
jefe

jefe

¡FUERA DE AQUÍ AHORA MISMO!

POLICÍA
Chan Clas Chan Clas Chan Clas Chan Clas

¡Oye, Hombre Perro!
Chan Clas Chan Clas Chan

¿Tú también tuviste un día triste?

No te preocupes.

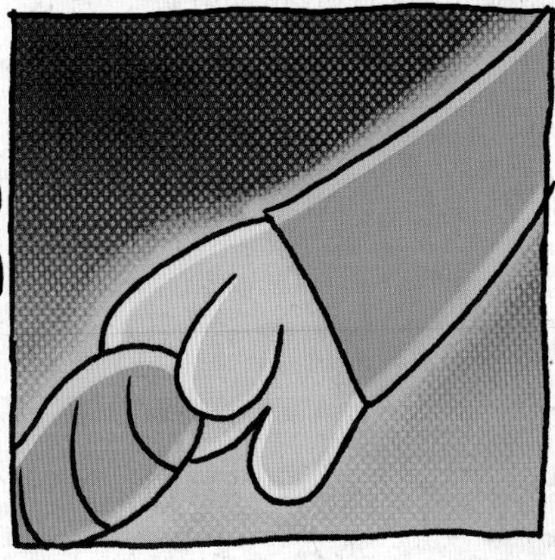

¡¡¡AL menos la situación no puede empeorar!!!
Chan Clas Chan Clas Chan Clas Chan

Capítulo 3

¡La situación empeora!

Por Jorge Betanzos y Berto Henares

La ciudad duerme bajo las glaciales estrellas. Las almas, hechizadas por los sueños... excepto los diligentes insectos.

Las polillas aletean bajo las farolas...

Los grillos cantan su conmovedora serenata...
cri
cri
cri

Y abajo, en la acera, tres perversas pulgas se preparan para una siniestra misión.
¡No somos pulgas!

¡¡¡Sí lo somos!!! ¡Ese es el nombre de nuestra pandilla!

¿Es que no recuerdan en el último libro...

cuando nos aliamos contra Pedrito y su robot gigante?
¡Ah, sí!

¡Qué horrible que nos encogieran con ese rayo!
¡Así mismo!

¿A dónde vamos ahora, Piggy?
¡¡¡Ya llegamos!!!

Miren: ¡Aquí está el rayo para encoger que causó el problema!

¡Cielos, no puedo creer que lo dejaran tirado!
¡Qué irresponsabilidad!

¡Recójanlo y caminen, compadres!

¡¡¡Pero pesa **mucho**!!!
¡No sean ridículos! ¡¡¡No pesa nada!!!

¡¡¡Estoy muy cansado!!!
¿A dónde vamos, Piggy?

¡¡¡Ya LLegamos!!!
ATENCIÓN: NO PASAR
POLICÍA NO PASAR

Boin
Boin

¡¡¡Ahora apunten el rayo de encoger al robot gigante de Pedrito!!!

Ahh, ¿podemos presionar el interruptor?
¡¡¡NO!!!

Yo hice todo el trabajo...

¡¡¡Así que **YO** presionaré el interruptor!!!

¡ZAS!

ATENCIÓN: NO PASAR
POLICÍA NO PASAR

¡Genial! ¡¡¡Ya no es gigante!!!
O PA AR
POLICÍA NO PASAR

Ahora, ¡lánzame allí!

¡De acuerdo, Piggy!

FUAAAAAAM

PASAR
NO PAS

¡¡¡JA JA JA!!! ¡¡¡AHORA QUE EMPIECE LA FIESTA!!!

A la mañana siguiente...
Hombre Perro

Descansa gatito

Bostezo.
Descansa gatito

¡Buenos días, HD 80!

¡Buenos días, Hombre Perro!

Oye, ¿qué es esto?

¡Vaya! ¡¡¡Mira toda esa plata!!!

Aquí debe de haber un millón de dólares y noventa y un centavos.

¡Chico, parece que al Ratoncito Pérez se le fue la mano!

Oye, espera un momento...

¿Se te cayó un diente?

¿¿¿Y a ti???

Este dinero no nos pertenece.

¡Vamos, amigos, tenemos que llevar este dinero a la policía!

Chan clas chan

Mientras tanto...
Buenos días, soy Sara Guerra con una noticia de última hora.

¡¡¡Anoche robaron el banco!!!
POLICÍA
NO PAS

Sí... ¡¡¡y sabemos quién lo hizo!!!
¿de verdad?

¡Oigan, policías! ¡Adivinen qué acabamos de encontrar!

A ver... ¿un millón con noventa y un centavos?

¡¡¡Vaya, qué manera de adivinar!!!

¡Hombre Perro, estás arrestado!

¡Irás a la cárcel de perros durante muuuuucho tiempo!
CLIC

¡Esperen un momento!

¡¡¡No pueden arrestar a Hombre Perro sin pruebas!!!

¡¡¡Ah, tenemos muchas pruebas!!!

Las pisadas del ladrón son las mismas que las de Hombre Perro.

¡Eso es una coincidencia!

¡Y esta ventana rota tiene la forma de Hombre Perro!
BANCO DE FRANK

¡Eso es solo circunstancial!

¡Y mira esta fotografía de la cámara de seguridad!

¡Ay, no!

Anoche estuviste ocupado, ¿verdad?

Robando bancos...
atracando
tiendas...

¡Ya verás cuando el
jefe se entere de que
has sido un perrito malo!

¡¡¡Vamos, perrete!!!

GUAU GUAU
GUAU
GUAU
Chan Clas Chan Clas

¡¡¡Oye, deja de patearme!!!
¡¡¡Y tú, deja
de ladrar!!!
GUAU
GUAU
GUAU

¡Tranquilo, HD 80!

Y tú también para, Peque Pedrito.

¡¡¡¡¡Pero Hombre Perro es inocente!!!!!

Lo sé. Pero si queremos salvarlo...

Tenemos que encontrar otra manera.

CAPÍTULO 4

Un montón de cosas que sucedieron después

JUZGADO
Prisioneros

¡Estarás en esta celda hasta que se celebre el juicio!
Prisioneros

Prisioneros
PLOM

¡Siempre supe que no llegaría a nada bueno!
¡Yo también!

Hay que admitirlo... ¡¡¡es un INADAPTADO!!!
¡Así mismo!

No se parece a ningún policía que yo conozca.
Muy cierto.

Nunca serás un **HOMBRE DE VERDAD...**

¡porque eres demasiado **PERRO!**

JA JA JA JA JA
Prisionero

EL pobre Hombre Perro estaba desesperado...
Prisioneros

CAVA CAVA CAVA CAVA
y los tipos desesperados hacen cosas desesperadas.

CAVA CAVA CAVA CAVA
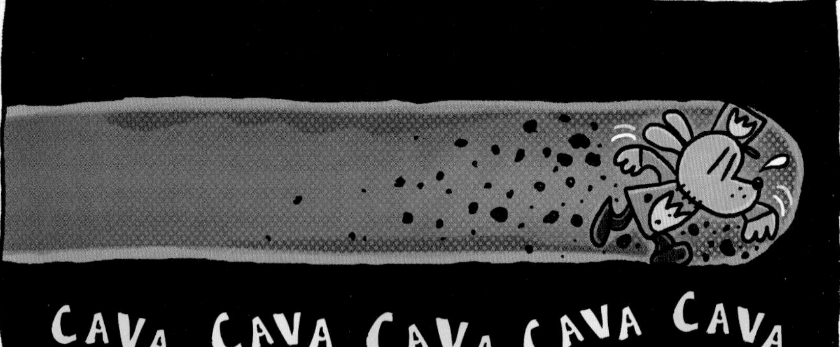
CAVA CAVA CAVA CAVA CAVA

CAVA
CAVA
CAVA
CAVA

jefe
¡POP!

¡Estoy tan ORGULLOSO de ti, Hombre Perro!
jefe

¡Hombre Perro, tú SIEMPRE haces lo correcto!

¡Eres el Hombre Perro más VALIENTE que he conocido!

¡NUNCA huyes cuando las cosas se ponen difíciles!

jefe
Hola, Hombre Perro.

Vine en cuanto me enteré.
jefe

Mira, tu juicio es dentro de cinco minutos...

¡¡¡Pero no quiero que te preocupes!!!
jefe

Todo saldrá bien. Te lo prometo.
jefe

Cinco minutos después

¡¡¡CULPABLE!!!
jefe
PUM

¡¡¡Te condeno a catorce años perrunos de trabajo forzado!!!

Pero, juez...
jefe

Pero, carcelero...
jefe
Cárcel de perros

jefe
Cárcel de perros
¡¡¡NOOOOO!!!

Mientras tanto...
Hombre Perro

¡Hola, compu!
¿Qué hay?
super-compu

¿Qué puedes decirnos sobre delitos y demás?

Anoche hubo dos robos...

Robaron en una tienda de disfraces y después en un banco.
compu

¿¿¿En una tienda de disfraces???

Esto fue lo que robaron en la tienda de disfraces:
uniforme de policía
máscara de perro

¡Oye! ¡Creo que el ladrón del banco llevaba un disfraz de Hombre Perro!

¿Pero cómo acabó aquí el dinero?

Quizás las imágenes de nuestras cámaras de seguridad les sirvan de ayuda.
3

3:06AM

Descansa gatito
3:07AM

Descansa gatito
3:07AM

3:07AM

Descansa gatito
3:08AM

¡Ay, no! ¡¡¡Es peor de lo que imaginaba!!!
compu

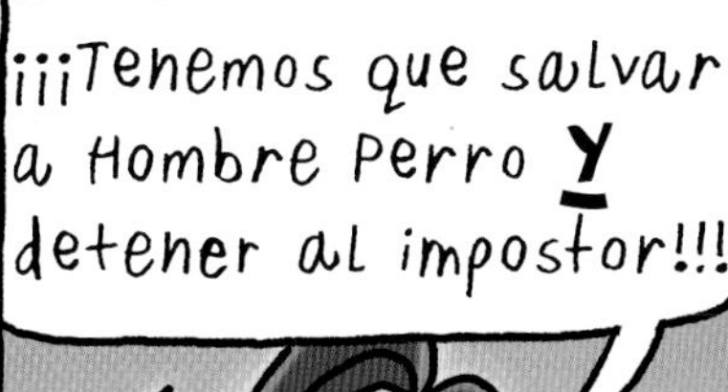
¡¡¡Tenemos que salvar a Hombre Perro Y detener al impostor!!!

Y también animar a mi papi. ¡¡¡Está triste!!!

¡¡¡Vamos!!!

Clap
Clap

RUUUUUM
Hombre Perro

¡¡¡FIUUUUM!!!
Hombre Perro
¡¡¡BRUMBRUMBRUM!!!

Así que Hombre Perro vuelve a sus andadas, ¿eh?
Ñiiiiiiiiiii
Custodio

*Ciao! Come stai?

¡Oye! ¡Eres Yolei Capresi, la mejor actriz del mundo!
Sì*

* En italiano: ¡Hola! ¿Qué onda? * En italiano: ¡Pues claro!

¿Te acuerdas de mí?
Custodio

¿No eres el tipo que se caía una y otra vez en ese agujero?

¡Sí, pero no era mi culpa!
Custodio

¡Era por ese idiota de Hombre Perro!
Custodio

¡¡¡Cava agujeros **EN TODAS PARTES**!!!

Pero cuando le ponga las manos encima...
Custodio

¡Deseará NO HABER NACIDO!
Custodio

¿Me oyes, burbuja apestosa?

¡Tú, galleta de avena con sabor a queso!
Custodio

¡¡¡Tú, hamburguesa de gorila con dientes de waffle!!!
Custodio

¡¡¡Tú, chupa limones, huele uvas!!!
Custodio

¡¡Tú, dispensador de bebidas efervescentes!!

¡¡¡AAAY!!!

CLONC

Mientras tanto...
¡¡¡Pero juez!!!
Chan Clas Chan Clas Chan Clas Chan Clas Chan Clas Chan Clas

¡Tenemos pruebas que **demuestran** que Hombre Perro es **inocente**!

Demasiado tarde. ¡Mi decisión es **DEFINITIVA**!

¡Pero al menos **mire** las pruebas! ¡¡¡Podemos enseñárselas ahora mismo!!!

¡Soy el juez! ¡Yo no cometo errores!

*En italiano: "¡¡¡Mis compadres!!!".

CAPÍTULO 5

CUENTOS CASAENRAMA presenta con orgullo

El blues de la cárcel de perros

Por Jorge y Berto

Mientras tanto...
Cárcel de perros

Cárcel de perros
Cárcel de perros
¡Bienvenido a tu nuevo hogar, Hombre Perro!

Aquí no necesitarás este collar...
CLIC

¡porque **NADIE SE VA DE ESTE LUGAR JAMÁS!**

¡Te presento a tus compañeros reclusos!

¡¡¡GRRRRRRRRRR!!!

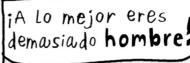

Parece que no encajas muy bien con los perros.

¡A lo mejor eres demasiado **hombre**!

¡JA JA JA JA JA JA!

En fin, será mejor que descanses. Nos espera una noche difícil.

¡¡¡Esta es tu celda!!!

¡Volveré dentro de una hora para atarte a mi trineo!
PLOM

Mientras tanto...
Bien, amigos. Tenemos muchas cosas que hacer...

¡¡¡Así que dividámonos en **equipos**!!!

ustedes rescatan a Hombre Perro...

¡¡¡y nosotras atraparemos al ladrón!!!

¡VAMOS A SALVAR AL MUNDO!

Oye, HD 80, ¡¡¡creo que tengo un plan!!!

susurra
susurra
susurra

¿Listo?

¡¡¡Peque Pedrito y HD 80
EN MARCHA!!!

¡BRUMBRUMBRUMBRUMBRUMFIUUUUUM!

cárcel
de
gatos
BRUUUMMMM

PSSSSSSSMM!!!
POLICÍA

Mientras tanto...

Para: papi
De: mí

PLAN MALVADO
1. escaparse de la cárcel.
2. Atacar la ciudad.
3. Saquearla.
4. Establecer el mandato supremo sobre la Tierra.

¡Hola, papi!
¡Chico!

¡Qué chévere! ¿Tú hiciste esa abeja?
Sí.

¿Puedo dar una vuelta en ella?
No.

¿Por qué?
¡Porque no funciona!

¿Por qué?
No lo sé.

¡Mis planos no tienen errores!

A ver...
Estos deberían ser centímetros, no milímetros.

Y olvidaste mover el dos.

Y necesitas filtros en los conductos de aire o se atascarán los ventiladores.

¡DE ACUERDO, SR. LISTILLO!

¡Supongo que haré algunos ajustes!
¡Te ayudaré!

¿Por qué me ayudas? **Sabes** que soy malo, ¿verdad?

¡No lo eres!
¡¡¡Sí lo soy!!!

No lo eres.
¡¡¡SÍ LO SOY!!!

¡¡¡No
Lo
eres!!!
¡¡¡SÍ LO SOY!!!

¡No que no!
¡Sí que sí!

¡No que no!
¡Sí que sí!

¡No que no!
¡¡¡SÍ
QUE
SÍ!!!

Oye, papi, ¿quieres que te cuente un chiste?

¡¡¡NO!!! ¡Y NO CAMBIES DE TEMA!

Está bien. ¿Qué obtienes cuando cruzas a un pollo...
con un mono?
No sé. ¿Qué obtienes?
¡diarrea!

Ja Ja
Ja
Ja Ja
Ja

Ja Ja
Ja Ja
Ja
Ja Ja
Ja

Ja
Ja
Ja
Ja
Ja

¡¡¡ESO NI SIQUIERA TIENE SENTIDO!!!
Ja
Ja
Ja

¡Y no era un chiste! ¡Era una adivinanza!
Ja Ja
Ja

¡NO ES DIVERTIDO!
Ja
Ja
Ja
Ja

Mientras tanto...

¡Bien, Hombre Perro!
¡¡¡¡¡Arriba!!!!!

Es hora de arrastrar mi trineo hasta la cima de la montaña...

pero no te preocupes. ¡¡¡Solo son 80 millas!!!

Verás, ¡se me ha ocurrido un plan un poco tramposo!
CLIC

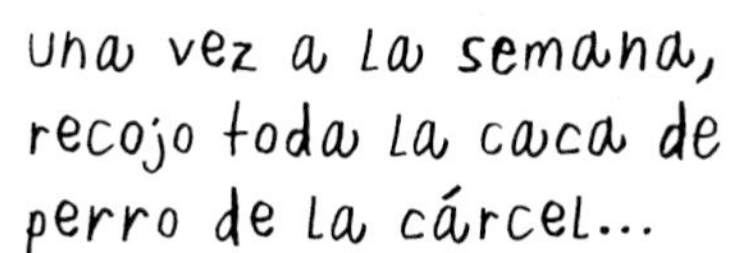
Una vez a la semana, recojo toda la caca de perro de la cárcel...

Caca de perro

y después ustedes la arrastran montaña arriba...

¡hasta una fábrica de abono que hay en la cima!
Mapa
40 millas
Fábrica de abono vegetal de Los Hermanos Karadurov

¡¡¡¡Allí la vendo y me quedo con todo el dinero!!!!

¡¡¡VAMOS, ADELANTE!!!
Caca de perro

¡Es un inadaptado!

¡¡¡Nunca serás un HOMBRE DE VERDAD!!!

No encajas muy bien...

¡Eres demasiado HOMBRE!
¡Eres demasiado PERRO!

CUENTOS
CASAENRAMA
presenta
con
orgullo

Capítulo 6

¡Y pasan más cosas!

jefe
POLICÍA

Por Jorge Betanzos y Berto Henares

Mientras tanto...
POLICÍA

Toc Toc
Toc
jefe
Adelante.

¡HD 80!
jefe

¡¡¡Hombre Perro está metido en un BUEN LÍO!!!
jefe

jefe

jefe

jefe

jefe

jefe

¡CRAC!
jefe

¡NO SÉ QUÉ ESTÁS TRATANDO DE DECIRME!

jefe
Materiales de arte
jefe
de arte
jefe
crayones
DIBUJA
Dibuja
Dibuja
Dobla
dobla
dobla
jefe
jefe
Grapa
Grapa
Grapa

¿Así que quieres que te ayude a sacar a Hombre Perro de la cárcel?
jefe

¡Eso es ilegal! ¡Es peligroso! ¡Es irresponsable!
jefe

¡¡¡Va en contra de todas las leyes que juré respetar!!!
jefe

¡¡¡Hagámoslo!!!
jefe
Chan Clas Chan Clas Chan

¡¡¡Ay, chico, esto será **GENIAL**!!!
jefe
POLICÍA

Mientras tanto...
cárcel de gatos
¡Oye, papi!

¿Quieres que te cuente otro chiste?

¡¡NO, NO QUIERO!!

¡Ay, vamos! ¡Es uno SÚPER bueno!

¡¡¡NO!!! ¡¡¡Me estoy cansando de tus chistes inventados!!!

Este no es inventado. ¡Lo saqué de un libro!

¡DIJE QUE NO!

Está bien. ¿Qué le regalaron a Batman el Día de san Valentín?

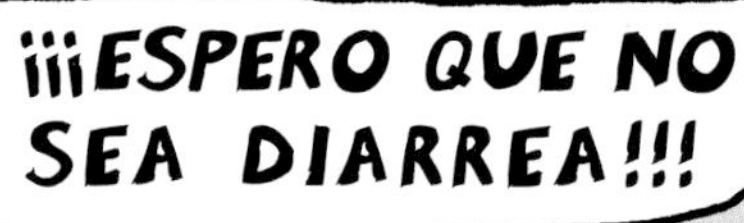
¡¡¡ESPERO QUE NO SEA DIARREA!!!

¡No! En serio. No fue diarrea.

Bien.

Esteee...

Déjame pensar...

De acuerdo. Me doy por vencido. ¿Qué fue?

Diarrea.

Ja Ja
Ja
Ja
Ja
Ja
Ja
Ja

¡Ese chiste no lo sacaste de un libro!
Ja Ja
Ja Ja
Ja
Ja Ja Ja

Mientras tanto...

♫

PONG

¡¡¡Ayudé!!!
CLON
PELIGRO↓

CUENTOS
CASAENRAMA
presenta
con
orgullo

CAPÍTULO 7

¡Chicas PodeRosas!

Por Jorge y Berto

Mientras tanto, Yolei, Sara y Susu seguían un rastro.

Mis habilidades de periodista de investigación nos han traído a esta zona siniestra de la ciudad...

Y las habilidades olfativas de Susu reconocen un olor...
olfatea
olfatea olfatea

¡Ahora usaré mis carismáticas "habilidades sociales" para obtener pistas!

¡¡¡Observa!!!

¡Hola, aliento apestoso!

¿Sabes algo de un ladrón con cabeza de perro?

¡Puede que sí, puede que no!

¡Agarra!

PELEA PRINCIPAL:
YOLEI CAPRESI
VS.
ALIENTO APESTOSO
¡¡¡Din din din!!!

Mano
izquierda aqu

Pulgar derecho aquí.

¿Ya tuviste suficiente?

¿¿¿O tienes **ganas** de **más**???

¡¡¡BASTA!!!
¡¡¡BASTA!!!

¡¡¡Vi al ladrón con cabeza de perro!!!

¡Estaba robando esa fábrica de aerosol vivificante de allí!

¿Pu... pu... puedo irme ya, por favor?

Di "¡Por favorcito!".
¿Por favorcito?

¿Así? ¿Tan insípido?

¡Por favorcito, con azúcar por encima y crema batida y trocitos de chocolate!
¡¡¡BUUUUAAAAAAA!!!

¡Vaya, Yolei! ¡Tienes unas "habilidades sociales" impresionantes!
¿Verdad que sí?

Capítulo 8

La ayuda está en camino

Así que están cerrados, ¿eh?
POLICÍA
Cárcel de perros
CERRADO
¡Volvemos enseguida!

POLICÍA
¡¡¡Tenía el presentimiento de que ese carcelero tenía malas intenciones!!!

¡¡¡Sigamos las huellas del trineo de perros!!!
POLICÍA

POLICÍA

MIENTRAS TANTO

¡Inventar chistes **NO AYUDA!**

Este no es inventado. ¡Es de un programa de TV!

¡¡¡NO!!!

Está bien. ¿Cómo se le dice a un gusano de la corte del Rey Arturo?

Esteeee...

¿"Caballero" oruga?
No.

¿Sir Larvalot?
¡No!

Está bien, me doy por vencido. ¿Cómo se llama?

¡Diarrea!

Ja
Ja
Ja Ja
Ja
Ja

Ja
Ja Ja
Ja

Ja
Ja
Ja
Ja Ja

¿¿PERO QUÉ TE PASA??
cárcel de gatos

Mientras tanto...

¡Ahí está!

JEFE

POLICÍA

Caca de perro

¡¡¡Pues llegan tarde!!!

¡Mírenlo!
Caca de perro

¡¡¡Ya está **cambiado**!!!

¡Su espíritu está **destrozado**!

¡¡¡Su voluntad, **QUEBRANTADA**!!!

¡**Nunca** volverá a ser el **MISMO**!

Pero no se sientan mal...
Caca de perro

Verán, ¡Hombre Perro no es un perro NI un hombre!

¡¡Es un INADAPTADO!!

¡Ni siquiera les cae bien a los otros perros!

Caca de perro
¡¡¡Tenían que ver cómo le gruñeron cuando llegó a la cárcel!!!

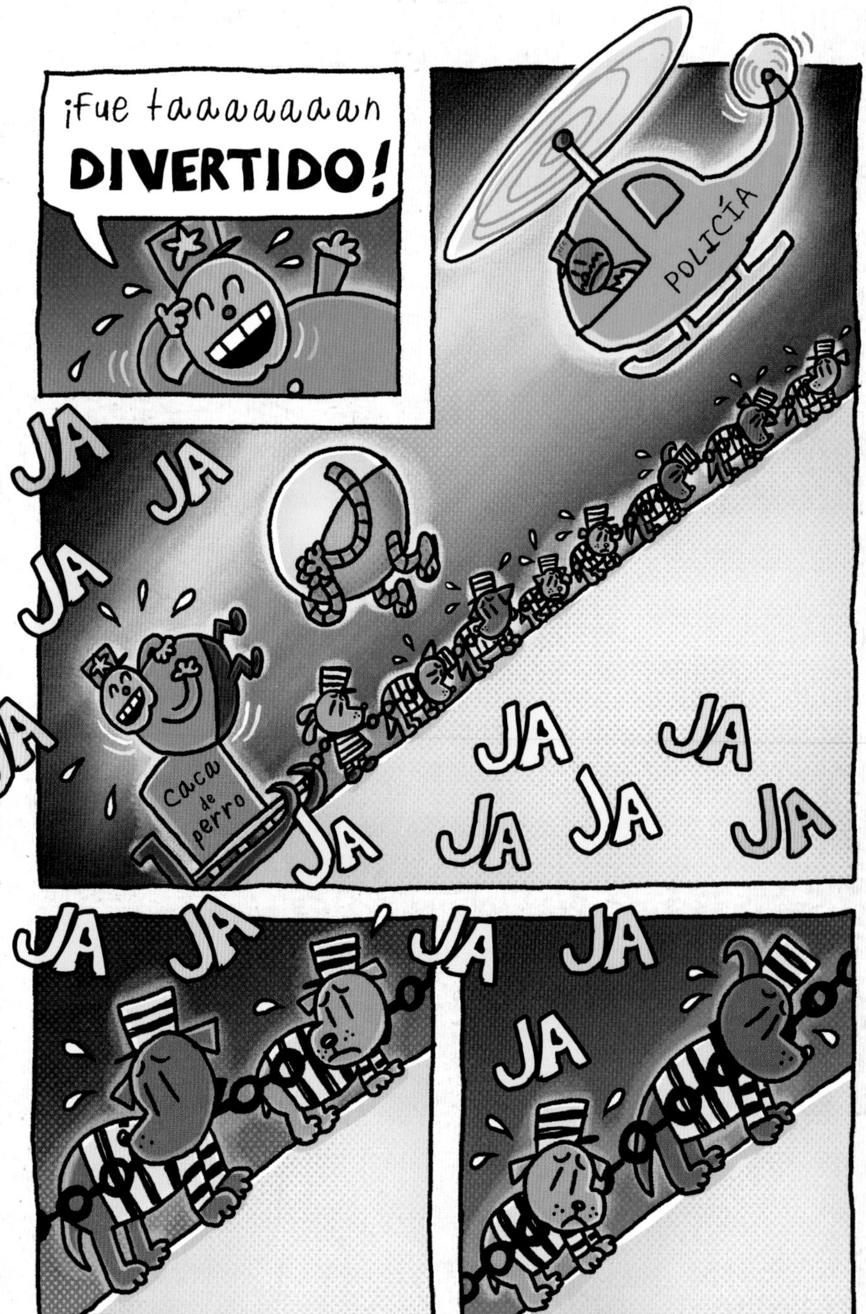
¡Fue taaaaaaaan DIVERTIDO!
POLICÍA
JA JA JA JA JA
Caca de perro
JA JA JA JA JA JA
JA JA JA JA
JA

JA JA JA
JA JA JA
JA JA JA
Caca de perro
JA JA JA
CLONC
CLONC

NOOOOOOOOO
POLICÍA
JEFE
Caca de perro

NOOOOOO
Caca de perro

Cárcel de perros
CERRADO
¡Volvemos enseguida!
¡Ay, madre!
Caca de perro

Cárcel de perros
CERR
¡Volvemos
ADO
enseguida!
Caca de perro
TRAS

Pero entonces...
tac
tac
tac

tac
tac
tac

galletitas para canes

agita
agita
galletitas para canes
HUESOS SABROSOS
agita
agita

La linda ardillita
La linda ardillita
POLICÍA

jefe
jefe
jefe
Piloto auto-mático
¡CLIC!
jefe
jefe
jefe

Estee...
jefe

¡¡¡Espera un momento!!!

jefe

jefe
¡¡¡NO, ESPERA!!!

¡¡NOOOOOO!!

¡PARA!

¡¡¡PARA YA!!!

¡BÁJATE, CHICO!

¡BASTA!

¡PERRITO MALO!

Quiero decir...

Volvamos a casa.

Y así...
POLICÍA
¡Sube a bordo!

¿Qué pasa, Hombre Perro?

¿A qué esperas?

¡Olvida a esos perros!
jefe

¡¡¡Te dieron la espalda cuando más los necesitabas!!!

POLICÍA

jefe

jefe

jefe
Pero, Hombre Perro...

¡No podemos llevarnos a todos estos perros!
jefe

¡¡¡No caben en el helicóptero!!!
jefe

jefe

¡Es inútil, HD 80!
jefe

¡No se marchará sin ellos!
jefe

jefe

Chan Clas Chan Clas Chan

jefe

jefe

jefe

Y así...
jefe

jefe

CLIN
CLAN
CLUN
CLIN
CLAN
CLUN

IIIIIJJ

¡ESCUPEEEEE!
jefe

jefe

Vamos, chicos, no tenemos mucho tiempo...
jefe

¡VAMOS!

POLICÍA

Caca de perro

HOMBRE PERRO
LA PELÍCULA

Hermenegildo R. Araguaney presenta
una producción animada de ESTUDIOS PELÍCULAS DIFERENTES
HOMBRE PERRO: LA PELÍCULA
Con el talento vocal de: Yolei Capresi · Germán Torta
Diego Galán · y Raúl José Olmos como "El jefe"
Banda sonora disponible en las 8 pistas de Películas Diferentes

Sonido envolvente de PERRITO

K-9
Apto para canes
Puede haber imágenes muy intensas para las personas.

Mientras tanto...

¡Oye, mira! ¡Es esa fábrica de aerosol vivificante de allí!

¡Fíjate! ¡Alguien está robando la fábrica!
ESA fábrica de aerosol vivificante de allí
estamos cerrados

¡Vamos a atraparlo!

¡DETENTE, IMPOSTOR LOCO!

¡PLONC!

¡Ahora descubriremos quién es el impostor!

¡Oye! ¡Son esas pequeñas PULGAS de nuestro último libro!

¡Así es! ¡¡¡Y tenemos guardado un truco final bajo la manga!!!

Aerosol vivifi-cante
Las cosas cobran vida

FLap
Aerosol vivifi-cante
Las cosas cobran vida

¡Ay, no! ¡¡¡Tienen aerosol vivificante!!!

¡¡¡Si rocían ese auto, cobrará vida!!!

¡¡¡Y será SÚPER MALVADO!!!

ZASCA

FUAAAAM

¡Ay! ¡¡¡Ese caniche me robó el aerosol vivifi-cante!!!

¡SUELTA MI AEROSOL VIVIFICANTE!

POLICÍA
ESTA NOCHE
HOMBRE PERRO
LA PELÍCULA

PONC

¡Vengan todos!
jefe

¡Bajemos por las escaleras a ver la película!
escaleras
jefe
POLICÍA
ESTA NOCHE

¡¡¡Vamos, Sara!!! ¡¡¡Subamos a salvar a Susu!!!

jefe

Sala de cine

SALIDA

Aerosol vivifi-cante

AGARRA
Aerosol vivifi-cante
Las cosas cobran vida

¡JA JA JA! ¡¡¡Ya te tenemos!!!

POM

CRAC

Mano
izquierda aqu

Pulgar derecho aquí.

Chicas, ¿quieren palomitas de maíz?
jefe

¡Gracias, jefe! ¡Mire, atrapamos al ladrón!
jefe

¡¡Eran esas pequeñas PULGAS con un traje de robot!!
jefe

¡Oye! ¿¿¿Pero a dónde fueron???
jefe

Aerosol
vivifi-
cante
Las cosas
cobran vid
Instrucciones
1 Rocía el aerosol sobre una cosa
2 Mira como cobra vida y todo eso

¡Apúrense, zánganos perezosos!

¡Y **YO** soy quien pulsará el botón, no se molesten en preguntar!

FISSSS
rosol

SSSSSSSSSSS

jefe

jefe
¡¡¡SOCORRO!!!

¡Chico, esta es la mejor película en 3D que he visto en mi vida!
GUAU
GUAU
GUAU
GUAU

Aerosol vivifi-cante
Las cosas cobran vida

Advertencia: Recipiente a presión. Mantener alejado del fuego y tal.

escaleras
POLICÍA
ESTA NOCHE
HOMBRE PERRO
LA PELÍCULA

escaleras
POLICÍA
ESTA NOCHE
HOMBRE PERRO
LA PELÍCULA
¡CATA-PLÚN!
¡PONC!

escaleras
GUAU
GUAU
GUAU
ESTA NOCHE
HOMBRE PERRO
LA PELÍCULA
POLICÍA

Mientras tanto...
cárcel de gatos

Oye, papi, cuando terminemos de arreglar la abeja...

¿podemos salvar a Hombre Perro?
¡NO!

¿Y eso?
¿Por qué me tiene que importar a mí Hombre Perro?

Para empezar, ¡por su culpa me encerraron aquí!

Oye, papi, ¿quieres que te cuente un chiste?
CLIC

¡NO, NO QUIERO!
¿Por qué?

¡Porque tus chistes **no son divertidos**!
¿Por qué?

¡Porque te **repites** todo el tiempo!
¿Por qué?

¡PORQUE NO PUEDES DECIR LAS MISMAS TONTERÍAS UNA Y OTRA VEZ Y OTRA VEZ!
¿Por qué?

Porque si no te planteas retos para **CRECER**, ¿qué sentido tiene?

¿Por qué?

¡¡¡Estás intentando **ENGAÑARME!!!**
¿Por qué?

¿Y YO QUÉ SÉ?

Mira, señorito, ¡yo soy el **MALO!**

¡¡¡Eso es lo que **SIEMPRE FUI!!!**

Papi, no deberías repetirte todo el tiempo.

No puedes decir las mismas tonterías una y otra vez.

¡Si vas a hacer algo, deberías hacerlo bien!

¡Siempre deberías intentar mejorar!

Porque, si no te planteas retos para crecer, ¿qué sentido tiene?

¡Siempre deberías intentar ser un gran gato!

¿Verdad, papi?

Capítulo 10

LA ABEJA DEL GRAN GATO

En vivo
Última hora
¡¡¡Interrumpimos el inicio de este nuevo capítulo con una noticia sensacional!!!

Calamidad de plastilina
Un monstruo de plastilina cobró vida...

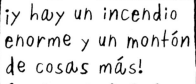

¡Y hay un incendio enorme y un montón de cosas más!
Montón de cosas más...

¿Quién nos salvará?
¡Fin del juego, chico!

Y así...
cárcel de gatos

Papi, ¡allí está!

¡Y ha atrapado al jefe!

Muy bien, ¡agárrate, chico!

ZUUM

ZAS
escaleras
GUAU
GUAU GUAU
PON

¡¡¡Lo conseguiste, papi!!!

Sí, bueno, si quieres hacer algo bien...

¡¡¡UY!!!

¡HD 80, no me falles ahora!

chan clas chan clas
¡CLAS!

PLAM

¿Por qué están celebrando?

¡¡¡Todavía hay un montón de gente atrapada ahí abajo!!!
jefe

¡Y Pipe Plastianimado está MOLTO ARRABbiATO!*

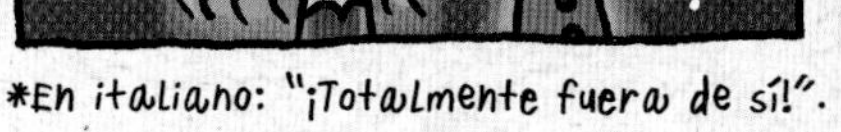
*En italiano: "¡Totalmente fuera de sí!".

¡Está intentando tumbar el edificio!

¡Este es un trabajo para los superamigos!

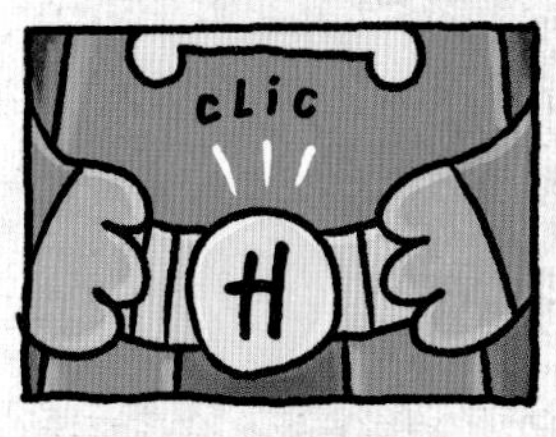

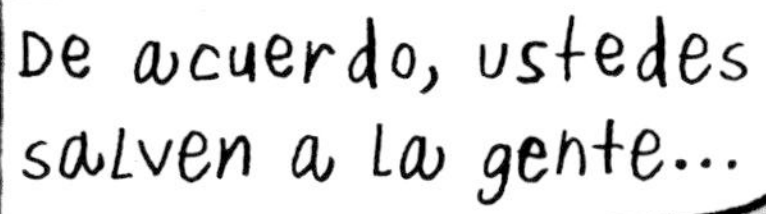
De acuerdo, ustedes salven a la gente...

jefe

¡Hombre Perro y yo nos ocuparemos de Pipe Plastianimado!

CHIN
CHIN

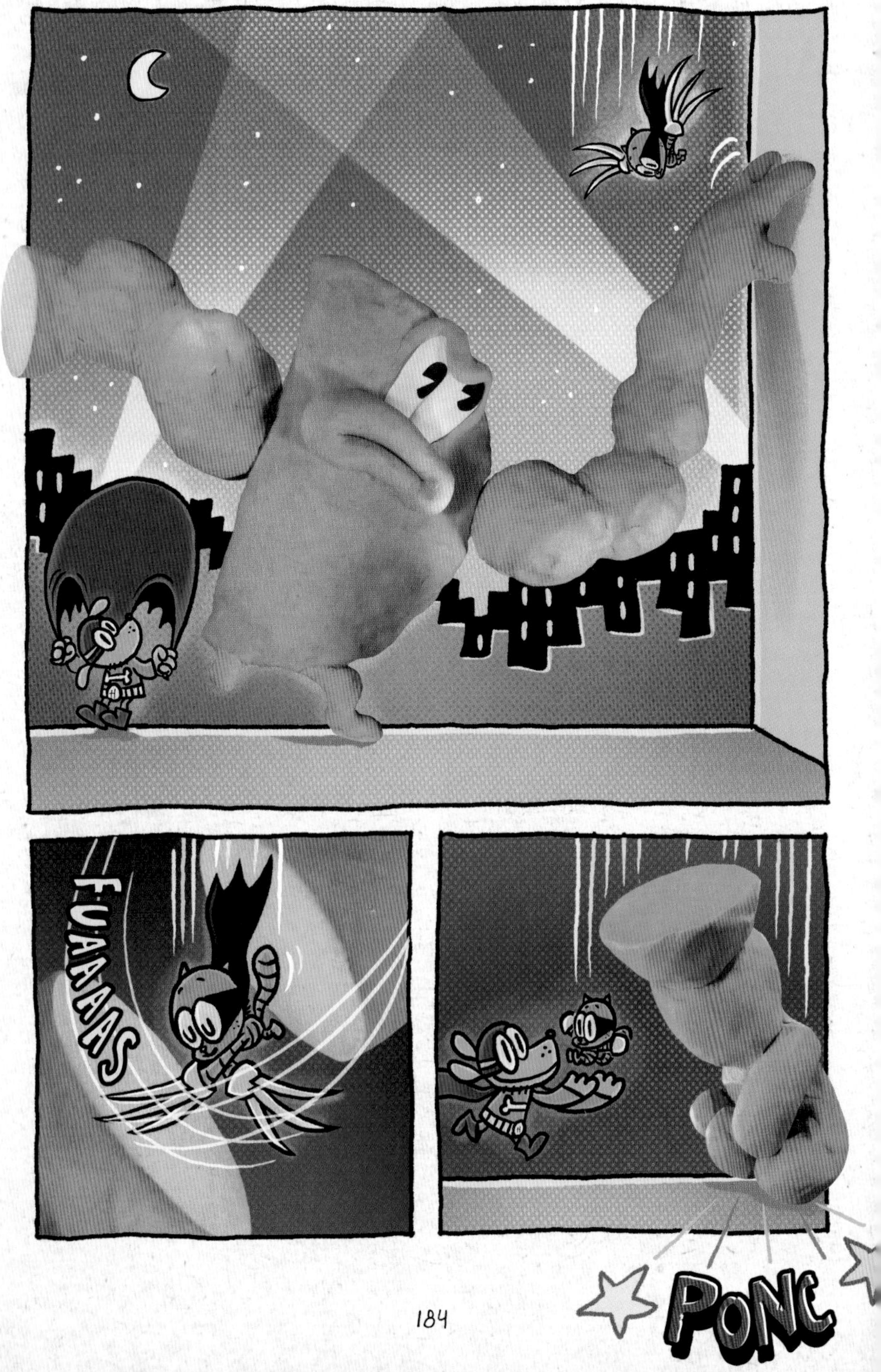

FUAAAAS

PONC

¡Boin!
¡Boin!
¡Boin!

¡PLOP!
¡Oye!

¡Boin!
¡Oye!

PELIGRO
¡Oye!
¡Boin!

PORROM
PORROM
PELIGRO
¡Boin!

TRAS

¡HOMBRE PERRO!

¿Hombre Perro?

ÑAM

Ñam Ñam
Ñam

BUAAAAA

BUAAAA

BUAAAAAAAAAAAAAAAAA
escaleras
Chan Clas Chan Clas

ESTA NOCHE

¡Es demasiado tarde, HD 80!

¡Pipe Plastianimado se comió a Hombre Perro!

Mientras HD 80 quitaba las rocas que taponaban la cueva...

el cielo nocturno se fue oscureciendo...
y parecía que no había esperanza.

¡¡¡EL fuego está fuera de control!!!

¡¡¡Y estamos atrapados en el tejado!!!
escaleras
jefe

¡¡¡Y todavía hay alguien atrapado en el cine!!!
jefe

¡¡¡Y nosotros no podemos salir de este agujero!!!
custodio

¡¡¡Y este trineo va a chocar!!!
Caca de perro
¡CHIIIIII!

¡¡¡Y casi no me quedan palomitas!!!

Pero entonces...

¡Oye! ¿Qué es eso?

¡AY, CHICO! ¡¡¡ES HOMBRE PERRO!!! ¡¡¡Y está VIVO!!!

¡¡¡Pensé que Pipe Plastianimado te había comido!!!

Pero tú te lo comiste a **él**, ¿verdad?

¡Ay, no! ¡¡¡Creo que Hombre Perro va a vomitar!!!

¡Oye, HD 80! ¡Tengo una idea!
susurra... susurra... susurra...

¿De acuerdo?

Mano izquierda aqu

Pulgar derecho aquí.

HOMBRE
LA PELICUL

Hombre Perro vomitó y vomitó...

hasta que se apagaron todas las llamas.
ESTA NOCHE

¡Vaya! ¡¡¡El voluminoso vómito de Hombre Perro nos salvó!!!

¿No es **fantástico**?

JEFE

Muy pronto, todo el mundo estuvo a salvo y con los pies en el suelo.
¡Eh, MIREN!

¡¡¡Esos perros salvaron al tipo que estaba atrapado en el cine!!!
¡LA MEJOR PELÍCULA!

¡Son HÉROES!
¡Deberíamos celebrarlo!

¡NO TAN RÁPIDO!

¡Ustedes se creen muy listos!
Custodio

¡Pero **alguien** tiene que pagar por lo que pasó esta noche!

¡Los veré a **TODOS** en mi **JUZGADO!**

¡¡¡Yo testificaré contra ellos!!!
¡¡¡AAY!!!
¡¡¡Lo van a **lamentar** tanto!!!

Todos ustedes van a desear nunca, nunca...
Caca de perro
¡CHIIIIIIIIIIII!

¡OYE!
Caca de perro
¡PONC!

AY...
Caca de perro
NOOOOOOOOO
Caca de perro

CLUNC
PLUNC
CLANC...
Caca de perro

PIM
PAAM
POOM
PUUUM
PUMBA
PLUM
Caca de perro

¡¡¡HURRAA!!!
jefe

Bueno, amigos, ¡¡¡parece que otra vez salvamos al mundo!!!
jefe
¡¡¡Y mi papi fue bueno otra vez!!!

Pero tengo que volver a la cárcel.
Sí, lo sé.

¡Oye! ¡¡¡Vayamos todos juntos!!!
jefe

CUENTOS CASAENRAMA presenta con orgullo
Capítulo 11
LA MARCHA de LOS INADAPTADOS

Por Jorge Betanzos y Berto Henares

¡Oye, Hombre Perro! ¿Por qué estás triste?

Te diré por qué está triste.
jefe

¡¡¡Hoy unos tipos fueron malos con él!!!
jefe

¡¡¡Lo llamaron **inadaptado**!!!
Chan Clas Chan Clas

jefe
Clas chan Clas chan Clas chan Clas chan

No te sientas mal, Hombre Perro.

Nunca le he dicho esto a nadie...

pero yo también siento que soy una inadaptada.

¡Oye! **¡Yo** también! ¡¡¡Todos los días!!!
jefe

¡¡¡Grrr guau guau guuuau guau!!!

CLONC CLONC CLONKI CLONC

¡¡¡Susu y HD 80 dicen que **ellos** también son unos inadaptados!!!

¡La verdad es que **TODOS** somos inadaptados!

¿TÚ también, Yolei?

¡¡¡Claro que sí!!!

¡¡¡Pero si eres **PERFECTA**!!!

¡Estoy ACTUANDO! ¡Tan solo finjo ser perfecta!

¡Pero, en mi interior, soy rara!
jefe

¡Vaya! ¡¡¡Nos tenías engañados a todos!!!
¡Gracias!
jefe

No te preocupes, Hombre Perro. ¡¡¡Todo el mundo se siente inadaptado!!!

Y eso significa que encajas...

¡¡¡a la perfección!!!

Y así...
¡Pedrito!
cárcel de gatos

¡¡¡Qué bueno que volviste!!!

Mañana jugamos otra vez, ¿eh, papi?
¡Claro, chico!

Oye, papi...
¿Sí?

¿Yo también soy un inadaptado?

¿Es un chiste? ¡¡¡Tú eres el más inadaptado que conozco!!!

¿En serio?
¡Sí!

¡¡¡Chévere!!!

Fin

●●●○○ UP&P LTE 11:30 PM 82%

Menú

LOS SUPERAMIGOS SALVAN LA SITUACIÓN:

Los Superamigos salvaron a todos del trágico incendio ocurrido anoche. Supergatito, el líder de los Superamigos, se sintió triste después porque olvidó cantar su canción (que había inventado) durante la gran pelea. "La próxima vez me acordaré", aseguró Supergatito.

LAS PULGAS: ¿DÓNDE ESTÁN AHORA?

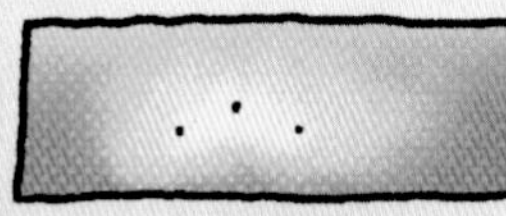

Las PULGAS
(descripción del artista)

o el gato

Nadie conoce el paradero de Piggy, Lolo y Gerardo (también conocidos como las PULGAS). Fueron vistos por última vez en el cine donde se produjo el incendio, pero después desaparecieron. "La verdad es que no sé qué les pasó", dijo el gato Pedrito mientras se rascaba en su celda esta mañana. "Sencillamente *desaparecieron*", continuó, rascándose sin parar. "¿Dónde estarán?", se preguntó de nuevo, rascándose cada vez con más fuerza.

●●●●○ UP&P LTE 11:31 PM 82%

Menú

PERROS HÉROES ENCUENTRAN HOGARES PARA SIEMPRE

Los siete antiguos presos de la cárcel de perros recibieron un indulto esta mañana por haberse comportado como héroes durante el incendio de anoche. Inmediatamente fueron adoptados por un montón de familias buenas y todo eso, y vivirán felices para siempre y demás.

JUSTO CASTIGO

Esta mañana, tres miserables fueron sacados de un agujero apestoso en el suelo. Durante el rescate, la cuerda se rompió y cayeron varias veces de nuevo en el agujero. Fue impresionante.

¡HOMBRE PERRO ES VAMOS!

Nos llegan noticias de una NUEVA aventura de Hombre Perro. Estará disponible muy pronto, pero deberías preguntarles a tus padres y también en la biblioteca o librería más cercana, solo para asegurarte de que lo tendrás a tiempo. El título de este libro ultra secreto lo vamos a revelar en esta exclusiva:

...l nuevo libro se llamará HOMBRE PERR...

...Recuerden que lo vieron aquí primer...

...amigos!

SUPER-GATITO

¡en 49 pasos increíblemente fáciles!

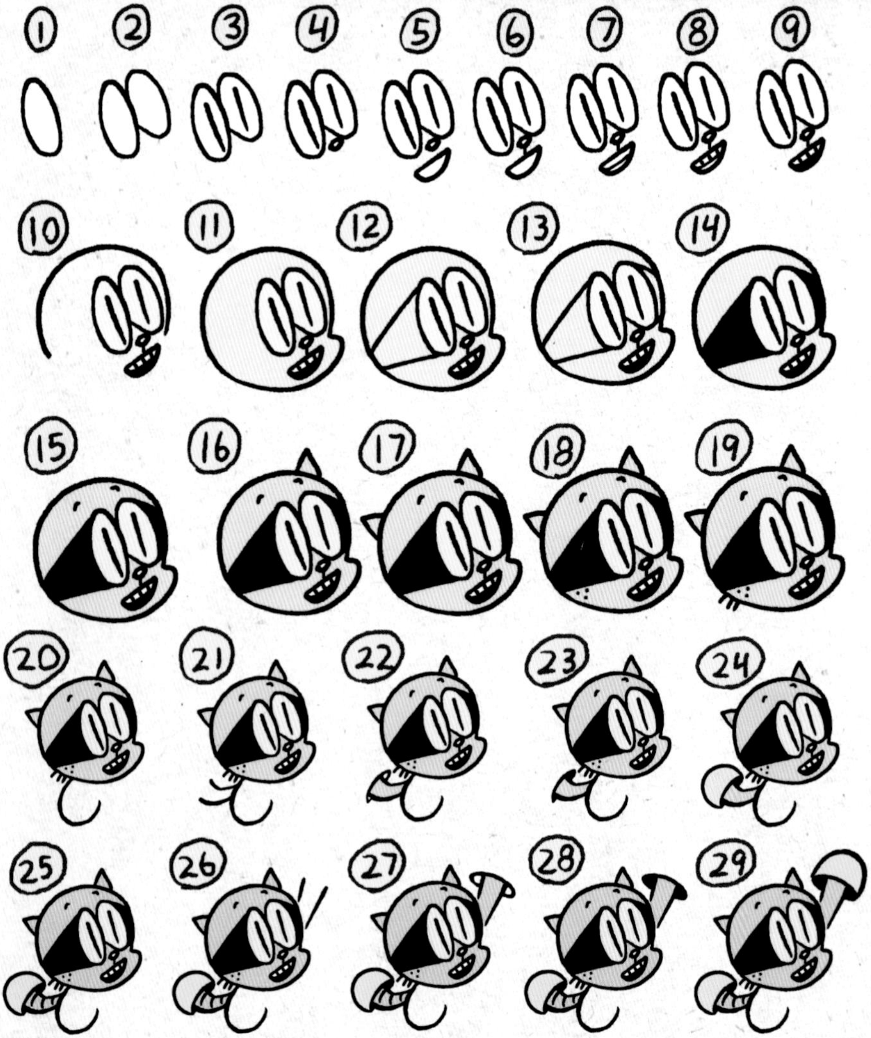

1 2 3 4 5 6 7 8 9

10 11 12 13 14

15 16 17 18 19

20 21 22 23 24

25 26 27 28 29

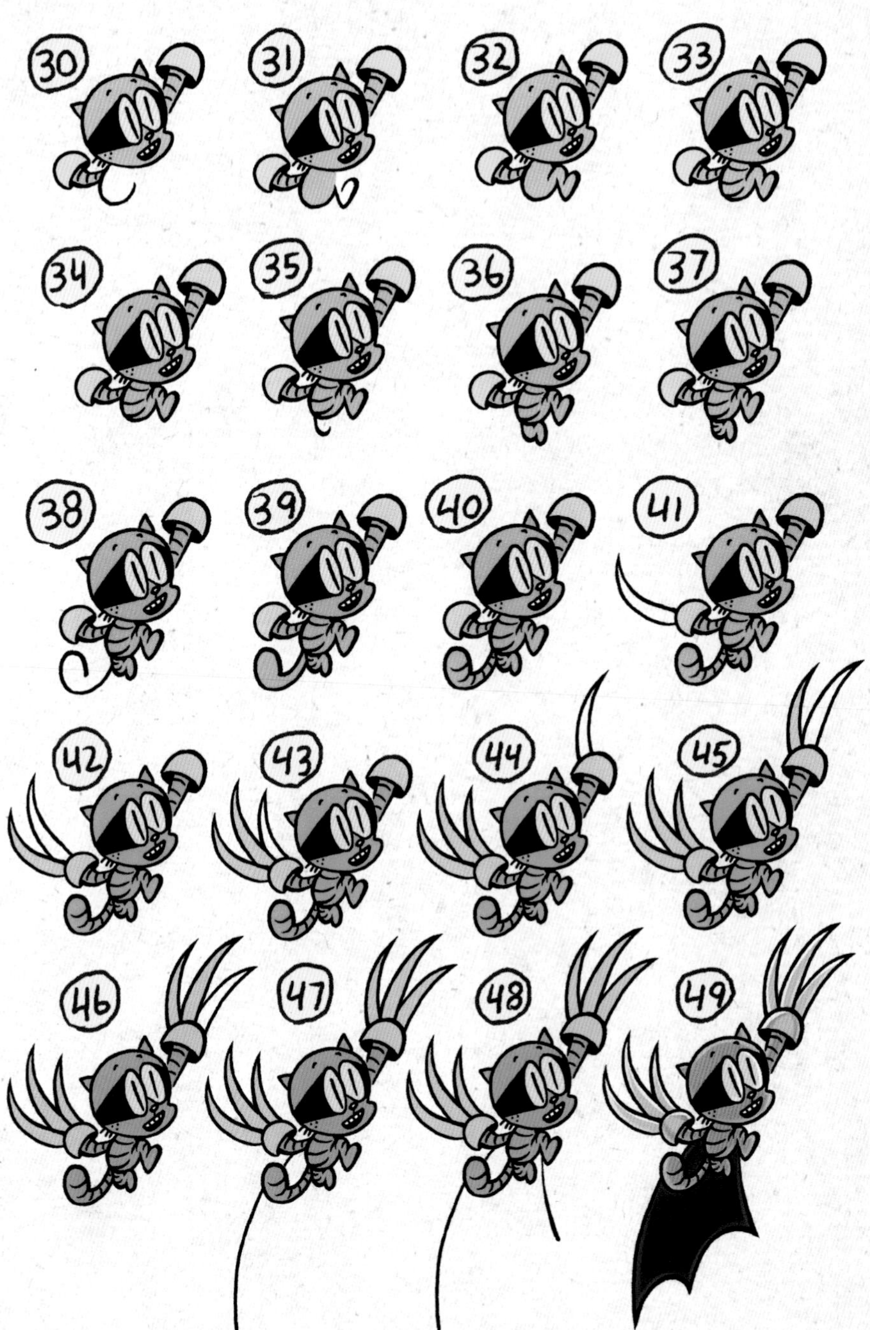
30
31
32
33
34
35
36
37
38
39
40
41
42
43
44
45
46
47
48
49

CÓMO DIBUJAR ¡RELÁMPAGO METÁLICO

¡en 33 pasos increíblemente fáciles!

21
22
23
24
25
26
27
28
29
30
31
32
33

CÓMO DIBUJAR EL CABALLERO DEL LADRIDO

¡en 46 pasos increíblemente fáciles!

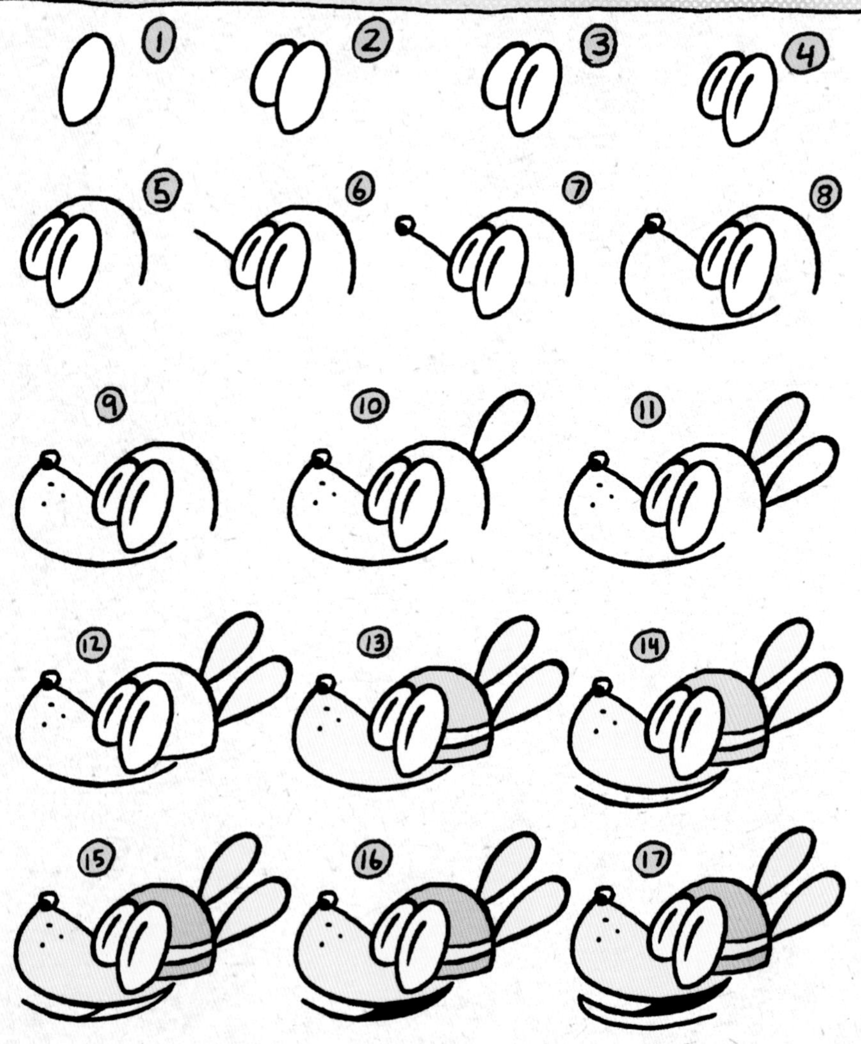

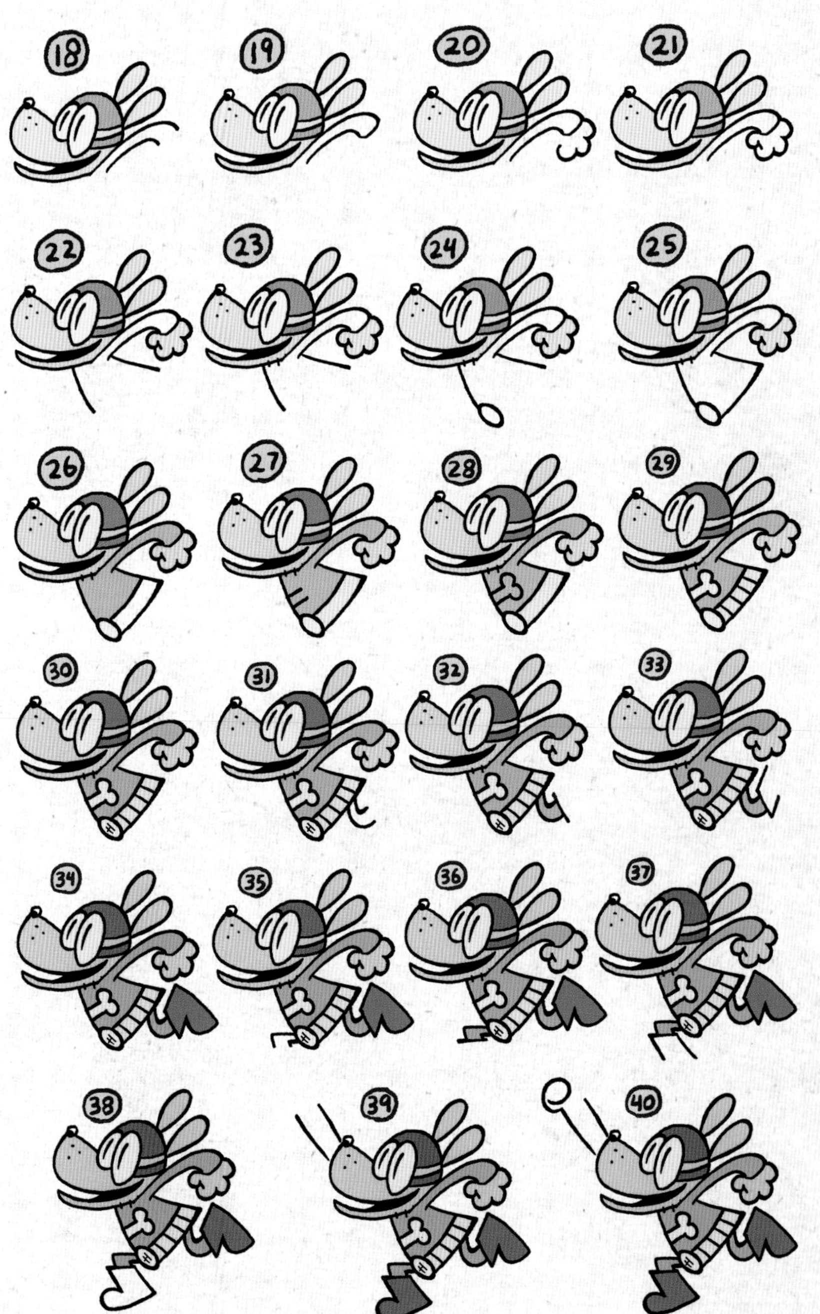
18
19
20
21
22
23
24
25
26
27
28
29
30
31
32
33
34
35
36
37
38
39
40

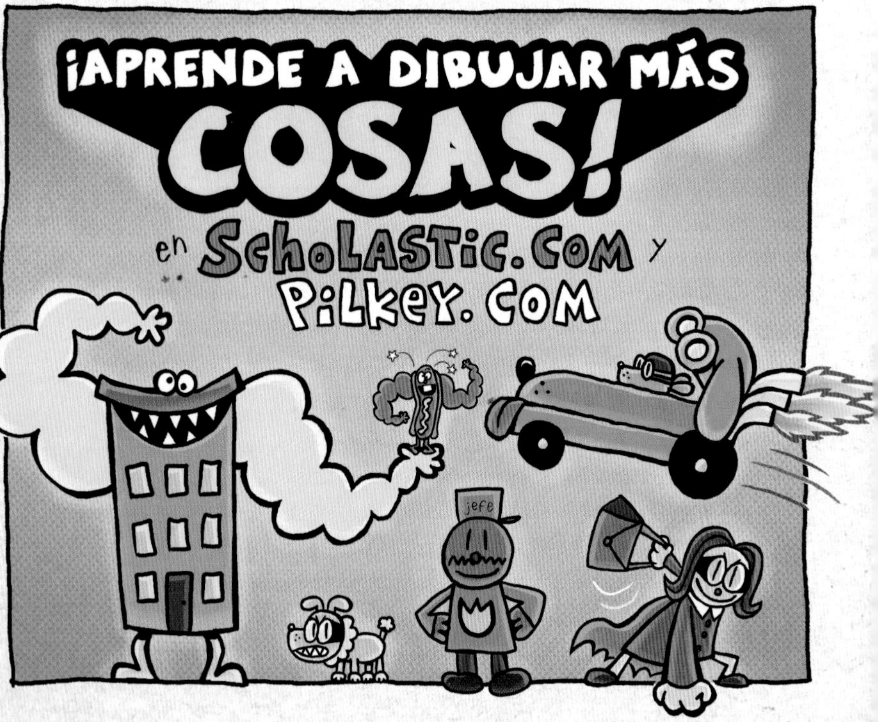

¡APRENDE A DIBUJAR MÁS COSAS!

en SCHOLASTIC.COM y PILKEY.COM

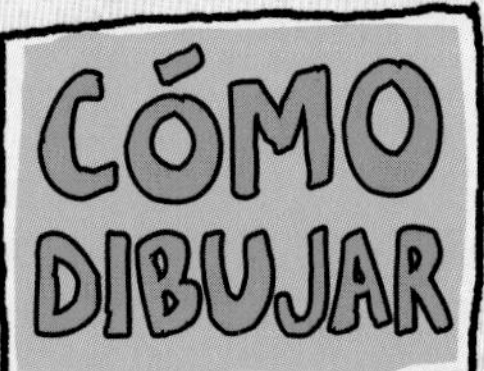

Las PULGAS

¡en 3 pasos increíblemente fáciles!

① .

② . .

③ . . .

SECCIÓN EXTRA

Aprende a dibujar a LAS PULGAS en estos emocionantes hábitats naturales:

en una nevada

por la noche

en la niebla

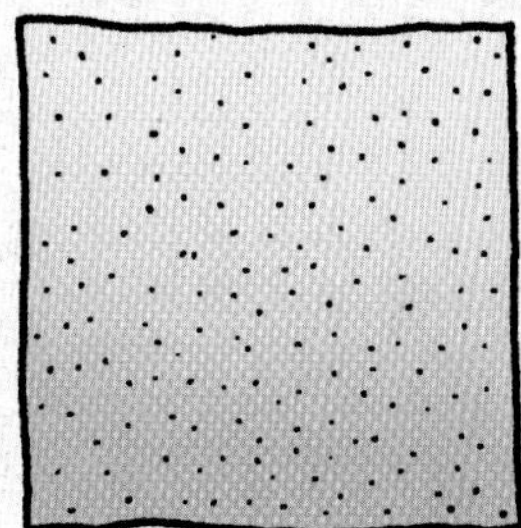
en la playa

en el espacio exterior

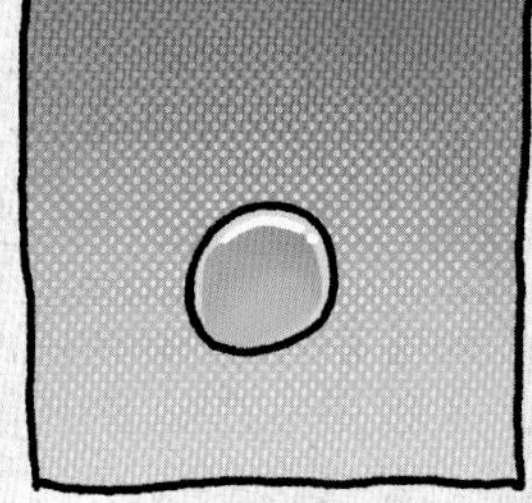
detrás de una uva

¡A LEER CON DAV PILKEY!

- Las aventuras del Capitán Calzoncillos — Una novela épica de Dav Pilkey
- El Capitán Calzoncillos y el ataque de los inodoros parlantes — Otra novela épica de Dav Pilkey
- El Capitán Calzoncillos y la invasión de las horribles señoras del espacio sideral (y el subsiguiente asalto de los igual de horribles zombis malvados del comedor) — La tercera novela épica de Dav Pilkey
- El Capitán Calzoncillos y el perverso plan del Profesor Pipicaca — La cuarta novela épica de Dav Pilkey
- El Capitán Calzoncillos y la furia de la Supermujer Macroelástica — La quinta novela épica de Dav Pilkey
- El Capitán Calzoncillos y la feroz batalla contra el Niño Mocobiónico, 1a parte: La noche de los mocos vivientes — La sexta novela épica de Dav Pilkey
- El Capitán Calzoncillos y la feroz batalla contra el Niño Mocobiónico, 2a parte: La venganza de los ridículos mocorobots — La séptima novela épica de Dav Pilkey
- El Capitán Calzoncillos y la ridícula historia de los seres del Inodoro Morado — La octava novela épica de Dav Pilkey
- El Capitán Calzoncillos y el terrorífico retorno de Cacapipí — La novena novela épica de Dav Pilkey
- El Capitán Calzoncillos y la asquerosa venganza de los Robocalzones Radiactivos — La décima novela épica de Dav Pilkey
- El Capitán Calzoncillos y el diabólico desquite del Inodoro Turbotrón 2000 — La decimoprimera novela épica de Dav Pilkey
- El Capitán Calzoncillos y la sensacional saga del Señor Sohediondo — La decimosegunda novela épica de Dav Pilkey

¡Descarga la aplicación gratuita de Planet Pilkey para comenzar tu aventura digital en inglés! ¡Crea un avatar, haz tus propios cómics y mucho más en planetpilkey.com!

ACERCA DEL AUTOR-ILUSTRADOR

Cuando Dav Pilkey era niño fue diagnosticado con Trastorno por Déficit de Atención con Hiperactividad (TDAH) y dislexia. Dav interrumpía tanto las clases que sus maestros lo obligaban a sentarse en el pasillo todos los días. Por suerte, le encantaba dibujar e inventar historias. El tiempo que pasaba en el pasillo lo ocupaba haciendo sus propios cómics.

Cuando estaba en segundo grado, Dav Pilkey creó un cómic de un superhéroe llamado Capitán Calzoncillos. Desde entonces, no ha parado de crear libros divertidos con mensajes positivos, que se han convertido en grandes éxitos de venta y que inspiran a lectores en todas partes.

ACERCA DEL COLORISTA

Jose Garibaldi creció en el sur de Chicago. De niño le gustaba soñar despierto y hacer garabatos. Ahora ambas actividades son su empleo de tiempo completo. Jose es ilustrador profesional, pintor y dibujante de cómics. Ha trabajado para muchas compañías, como Nickelodeon, MAD Magazine, Cartoon Network y Disney. Hoy en día trabaja como artista visual en LAS AVENTURAS ÉPICAS DEL CAPITÁN CALZONCILLOS para Dreamworks Animation. Vive en Los Ángeles, California, con sus perros, Herman y Spanky.